广西2014—2015年重点文学创作扶持项目

相见

XIANGJIAN

冯艺 著

广西人民出版社

图书在版编目（CIP）数据

相见／冯艺著.—南宁：广西人民出版社，2016.4
广西 2014～2015 年重点文学创作扶持项目
ISBN 978-7-219-09857-8

Ⅰ.①相… Ⅱ.①冯… Ⅲ.①诗集—中国—当代
Ⅳ.①I227

中国版本图书馆CIP数据核字（2016）第 066691 号

策划编辑　吴春霞
责任编辑　林晓明
责任校对　曾蔚茹
印前制作　麦林书装
封面设计　广大迅风艺术
林　林

出版发行　广西人民出版社
社　　址　广西南宁市桂春路 6 号
邮　　编　530028
印　　刷　广西民族印刷包装集团有限公司
开　　本　787mm×1092mm　1/16
印　　张　15
字　　数　150 千字
版　　次　2016 年 4 月　第 1 版
印　　次　2016 年 4 月　第 1 次印刷
书　　号　ISBN 978-7-219-09857-8/I·1874
定　　价　35.00 元

目 录

CONTENTS

1938　桂林几个场景

广州武汉长沙
相继失陷
日本飞机疯狂
飞过
山水甲天下的
城市
火焰高蹿
飞鸟张开翅膀
挣扎
水面
鸬鹚悲伤落泪
山与水
猝然交错
惊愕里
所有风景
黯然失色

月牙山上
巴金
一张迎着火光的脸
看见炸弹瞬间
毁灭房屋
看见火舌中

一个人
满地打滚
血肉连同衣服
粘在路面
剥也剥不掉
回到七星岩
巴金坐在
沉默的石头上
摊开稿纸
膝盖当桌
书写长篇小说《火》
把自己的遭遇
写作
桂林的受难

1938
还没失陷的桂林
心怀悲伤的人
桂花树下走过
一切如此迅疾
也许
永远不关闭的
喀斯特山门
大开
郭沫若　夏衍　叶圣陶
柳亚子　何香凝　徐悲鸿
两千多逃亡文人
一群火烈鸟

抵达桂林
抵达大地
最深处的痛
寻找通向自己
身心的脉管
愤怒之血
流向
国家命运的疆场
倾诉铁蹄下的苦难
点燃反抗烽火
抗战文化
如熔岩之下的
热泉
喷薄而出
弥漫着
催醒魂魄的意韵

胡风把租房办成
《七月诗丛》编辑部
《七月》
我最钟爱的孩子
动荡不妨碍
诗人写作
屠杀与反抗
幻灭和希望
矛盾交织
丰富诗的内容
在燃烧的

骨肉与呐喊间
艾青　田间　阿垅
一个个诗人
回归
与《七月诗丛》
一起
文字取暖
为祖国而歌
一行行
激情四溢的诗
一根根
燃烧中带响的干柴
凄风苦雨中
炸裂

新世界大剧院
田汉拉开
戏剧改革帷幕
殚精竭虑
古为今用
奔放的情感
流淌国恨家仇之中
为光明而舞蹈
为自由而歌唱
京剧《雁门关》
脱胎换骨
疾呼救国男女
提刀上绣鞍

欧阳予倩改编
桂剧《梁红玉》
鼓声触碰
观众内心创痛
一段唱腔
一段唱词
声声清越
长剑弹歌
激起四溅火花
照亮蒙昧肉体
让所有人
背负激情
西南剧展阵势
如此整齐
与无穷的力量相遇
《义勇军进行曲》
随即出现
山水之外
大江南北

丽泽门外
丽君路
一间九平方米小房
住着一对
逃离香港的夫妇
茅盾与孔德沚
从一箱箱书籍中
盈出泪水

悲怆的肩头
只有一条毛毯
几件内衣
揣在口袋里那支钢笔
放在睡不着的夜
推敲字句
每一笔转折
被遗忘的重新出现
点燃爱憎
飘摇之中
一片片霜叶
放映着生活底片
惊现一轴痛史
见证太多警示
隐喻许多未知

哦　桂林
风雨之中
经历
1938～1944 的热络
掬来秋风中
金桂的暗香
只因
精神博大喀斯特
让人安身
让人呼吸
因此　星辰背后
孕育

一城家国情怀
不同语言
心境　风采
漂泊的心
淡定眼神
呼啸　在血脉里
涌向新的风口
撒在乡野
和前线
一只只
火烈鸟飞翔
释放耀眼光芒
镌刻桂林的记忆
大风
拍醒人们的遗忘

大地之上

珍藏水中
松木和石头
排列在
历史的深处
大小天平
和铧嘴的形象
巧妙把湘漓
相连
又把它们
分开
然后释放波浪
把流水变成船队

流过时光的丛林
我清晰看见
两千多年前
先人的睿智
将华夏的液汁
流进我的身躯
滔滔不息的脉管
击起的旋律
回响苍天之上

时间的怪兽
带走岁月与风
秦时的明月
提高我的视野
水过之后
留下的
沉淀的
不光是品质

纵然辽阔的国度
添上半径
画上圆圈
岭南
在广袤的
大地之上
倾翻
江水三千的月光
这些意义
那一刻
开始了传唱

湘江的苦难

兴安界首
红军从这里走过
湘江战役纪念碑
立在这里
无法想象
这样险要的地方
数万红军
曾经战斗在这里
风起于流水
拂过我
看见一部完整
生命交响

湘江
被两岸山峰抛下
危机四伏
枪炮四起
要在这里渡江
需要信仰
蹚过去的理由
他们的细节
应和着他们的信仰
没有人注意我

瞬间的惊愕

注目那些刻在
黑墙上的名字
一定生长
无法言说的苦难
他们的生命
死在这里
让我
战栗而疼痛
让我
上升到
一个高度
在我的心头
开始弥漫
我想
坚硬的石头
一定记得他们
永生永世

浮　雕

我相信
这里的石头
都是活的
都有一颗
搏动的心脏
只是
站在你的面前
我们互相凝望着
谁也说不出话

是在告诉我昨天吗
我想到的
却是今天和明天
沉重的足音
压住大地
压住光阴
压住空虚
在我心
原野上踏响

真理总是简单的
生活
却展示

难以破译的密码
而你
举起燃烧的大刀
吹响滴血的喇叭
为我做出
崭新的解答
所有的追求
都是痛苦的
需要付出生的勇气
死的代价

浮雕　活着的人
给了你
线条　轮廓
英武的形象
而死去的人
给了你
灵魂　胆略
深邃的思想
于是
你肩负起
双重的使命
为先人垂下头颅
为来者挺起脊梁

岁月
因思考而成熟
生命

因奋斗而永恒
我真想走进浮雕
和历史
攀着肩膀
为生命和死亡
唱一首歌

读张鸣凤

忘掉宦游的苦难
在自然山水中
自我救赎
借风光与人文
抒发胸臆
贪婪吮吸
从没有过的
自由空气
一切都归于沉寂

一张居漓山之下的
几榻
一弯漓水
清清缠绕
逃离官场的污浊
开始一页页
清新的文字
像安抚亡灵一样
带走汹涌的河流

凝结毕生心血
二十四卷著作
每一篇章

都把结尾放在
自己的心里
还有云雨的浸润
风雨和时间
你用边地人的
目光
拉近蛮边
与中原的距离
理想中的
一道道闪电
抵达大河的彼岸

今天行走山水间
依然看见
跃动在《桂胜》《桂故》
你的睿思
和万缕激情
坚韧是一生的品质
你说　写作是你
生命的目的
我的心被你拨动
我怎么没有
这般毅力

光在风中奔跑

早早就离开家乡
像光一样飞起
都说世界在翻转
光也跟着
一会儿
法国教会学校
学法文
一会儿
京都帝国大学
学化学
一会儿
柏林工业大学
学冶金
一堆堆红扑扑的火
照亮宽厚的胸脯
发光的脑袋
精通英法日德文字
满腹数　理　化
稔熟文　史　哲
翻译达尔文
《物种起源》
卢梭
《民约论》

拜伦　歌德诗歌
译介
与苏曼殊比肩
文采风流
名冠一时
光在风中奔跑
定格这个中国人——
马君武

悟出
非精研西学
不足以中国于富强
在黑夜中挣扎
提倡　以科学
强国强种
实业救国
民主与自由
是水和面包
辛亥革命功臣
中华民国元勋
鼎力孙逸仙
治国理政
然而　奸小之境
云寒雨冷
一波三折
举步维艰
光与阴
互相切割

单一疲倦的翅膀
骨头在血液中
燃烧
血液在骨头中
挺拔
点燃了忧郁

总有一些
不能兑现的想法
总有一缕
光芒不会泯灭
总有光照
茵茵草地
让他去坐
于是　一身血性
愤然辞官
专心从事教育
从上海　北京
到广西　马校长
燃烧尽
重金属的身体
尽力把灵魂
擦亮
建树丰硕
于是
在中国　马君武
得与蔡元培齐名
周恩来称他

一代宗师
朱德　彭德怀赞他
教泽在人
就连戏剧名伶
小金凤也夸他
慈父心肠
大人风度
闪了又闪的光芒
在天上
灿然绽放
让无数颗心
跳动不止

有人说
马校长死了
广西似乎空虚了
这虚弱症是否
能补养起来
那是暗夜里
姿势与语言
那是一场
久远的未遂
和虚空
桃李盛开
这个时代
必然来临
被激情
与岁月辜负的人

会找到故乡
事实上
光在风中奔跑
一直没有停过
漫开
扩散
整个天空

老河口遇上李将军

这就是老河口
老河口
怎么一点不起眼
可是　就在这里
李将军豪气一身
诗书一卷

台儿庄硝烟
还未散去
五战区长官司令部
又转战华中
将军
指挥十几万官兵
敲碎日军
攻占大西北的痴梦

李宗仁
好生了得
广西人
河的奔流
山的气魄
磁场的飞舞
国人的脉动

掀起抗战到底
波涛

老河口遇上
李将军
威名盖世
剑胆琴心
宽厚的胸怀
散发温暖
躯体跟着思想
羽扇纶巾

你说
爱读鲁迅的作品
正义
在你心中树起
你说
爱看曹禺的《雷雨》
有人密告重庆
你置之不理

与田汉臧克家李公朴
举杯碰盏
饮一勾晓月
一杯一朵火焰
明知身边的人
就是共产党
你把身躯

撑成一把大伞

在炮火纷飞
污水横流的岁月
用生命书写
中华铁血诗篇
将军　有侠骨
却又柔肠
风雨淫浸
霜色弥坚

老河口遇上
至尊的将军
是战争风云
还有人情　人性
哪怕时光铁轮
怎样碾过
金晃晃的璀璨
进入人心

苦瓜和尚

每一次走进
桂林王城
就想起石涛
靖江王的儿子

独秀峰
突来的风
裹挟少儿
无端的灾难
打湿
所有幸福的日子
把他交给
宁静的皈依
生活和苦瓜
嵌入彼此的苦
一口口
把苦嚼碎
把势利消化
亡国贵胄的身份
一忍再忍
在万物之外
晨钟暮鼓中
呼吸善良

眼睛收纳阳光
心装灾难
舌尖不离苦瓜

用另一种方式
热爱大地
不声不响
胸中如此平淡
一个苦瓜
在风雨中
无依无助
一支画笔
在大地上行走
卑微地隐遁
把苦逼入山水
逼进春天
它的味道
慢慢回甘
眉头紧皱与舒展
安之若素
不喜不悲
生长　悲悯　寻找
都在那里
真切感受
悠悠扬扬
从高天
一直飘向心内

大地如此沉重
又如此美好
一切美好的愿望
像山水一样
兴味盎然
搜尽奇峰打草稿
时间堆积起来的
自由吟唱
画从于心
一眼难分
他与自然
返璞归真
我自用我法
笔墨当随时代
哲理露出筋骨
像是倒出
克制多年的苦
绝尘而去　开启
历史腮边的喜悦
在熟稔的地方
升起
放出异常的光彩
集聚气场
意境
如此开阔

从此　前朝的遗子

苦瓜和尚

开启近现代中国

绘风之风

临桂四塘乡

没想到在这里
遇见一位大儒
炯炯有神的目光
坚定　纯洁
刚正　智明
读先生的书
已有许多年
悬想一百多年前
一个贫寒的孩子
苦读苦学
一步一个脚印
从这里出发
任职三府十二行省
为官四十二年
秩秩有条理
劳心焦思
不遑夙夜
口碑载道
升至东阁大学士
位极人臣　且
清廉自律
反腐惩贪
激动着我的心

先生站在
渊博的东方
接受读者瞻礼
提醒　当官
事事从民生起见
计久远不计眼前
尚实事不饰虚文
不负朝廷
为官设官之意
不虚此生
读书济世之志
故　先生立志
为世人
所不能做之事
学尤醇　笔耕著述
《五种遗规》
恢宏精深
所至惓惓民生
追求造福于民

先修己后治人
品质高贵
乾隆看重先生
百姓喜爱先生
美国历史学家
罗威廉
称赞先生是

清帝国官员精英
那年　红卫兵
将先生墓穴扒开
新加坡正在
廉政建设
看中先生的著作
《在官法戒录》
闪闪发光的戈戟
刺痛官员
心中有戒

四塘乡的儿子
陈宏谋
在这里出生
历史与现实
在这里交汇
青砖外墙
看见这个名字
这个名字
已经抵达远方
我看见了
智慧　品德
或永恒的荣耀
先生的力量
我们的现在

榕湖边

榕湖是夜晚的中心
这话一点不假
彩灯在波光粼粼
水面上
树影清风
仿佛百年心事
仿佛
王鹏运的吟咏
如刃　如山

纸扇折起
一段晚清的历史
国家衰败
哀声四泣
枉多事
愁风愁雨
忍受忧虑
不安和恐惧
墨浪泪痕
在严谨的格律中
渗流

岭表此宗风
艺术的比重
大于政治
像桂林米粉
粉与卤水
相依相拌
而后者似乎依赖
前者才能有味

被情感与艺术
穿透
半塘先生
犀利如笔锋
始终
走在词坛前面
留下
“晚清四大词人”之一
背影
在中国文学史中

绚烂收场

——写给唐景崧

此时
身体内的祖国
一如你
破碎的心灵
已失去
方位和中心
逃离台湾
远离黑暗
这一点
你不如刘永福

绝意仕途
终老家乡
张之洞赠予
五美塘别墅
你不知
该干些什么
就甘心在漓江畔
雨檐下等着吗

不　有风的日子来了
你与康有为结庐

办学　办报
宣传变法维新
思想的灯
在黑暗里努力发光

像喝了一口
新鲜的圣泉
在精神世界里
安顿下来
改造桂剧
组建“桂林春班”
用唱腔的闪电
收场犹绚烂

飘落的红叶

——写给广西历史上第一位状元赵观文

除了悲伤
你还有不尽的痛苦
由极度的幸福
分割而至
你可能知道
太阳为了你
升起
多少人事
纷纷落下
大地被黑透的夜
笼罩

所有的事物都黑
天下的痛
大同小异　无非是
不同的时间　地点
不同的人
你不同流合污
就像一张红叶
飘落
无声无息　但
生命清正

你的叶脉
血管一样
纵深蔓延

最后的儒家

与时间纠缠一生
在最后的时间里
完成最后一部巨著
《人心与人生》
却找不到出版单位
天地无情
直到他 91 岁高龄
急得满头大汗
不得不
倾平日省下
全部节余
自费出版
那时候
我正在出版社
一个普通编辑
当然
我不必对此忏悔
但想起这件事
冰冷的背
虚无的脸
于是情何以堪

人活着为了什么
中国向何处去
这个为人生和祖国
奔泻高歌
梁漱溟
被运动和时间
覆盖在自己的家中
时间为他凝固
那些汉字
他未读过大学
却做了
大学的教授
他在学校
没读过孔子
在大学讲了孔子
他曾最讨厌哲学
结果讲了哲学
他生长于都市
却试图
通过乡村建设
将中国传统文化
复兴
艰难挖掘高扬
儒家精华
我从他的眼睛
看见蔚蓝色
波涛

1938 年
在延安窑洞
毛泽东对他说
民国七年
就佩服他
敢于向名人
挑战的风骨
说到个性和经历
他是一个
很好的典范
身上一股儒者的
浩然之气
是他不能摆脱的
传统基因
他认为　新中国
只能脱胎于旧中国
而不可能毁灭旧的
重造一个
新的中国
热血沸腾
坚守自己的思想
锋芒毕露
匹夫不可夺志
铮铮话语　可是
他以这种方式
治疗国家之痛
总是有些
不合时宜

这是中国的
一个趣话
一个可以
用时间制造的记忆
蕴含庞杂寓意
神话
从神话中排列出
一张广西
厚重的名片
他复杂的身份
在名片上印上
哲学家　教育家
乡村建设的领袖
不屈的勇士
最后的儒家

我仔细地阅读
这张名片
满是崇高的形象
供我们追怀
感叹
尽管
有人不喜欢

桂　江

一条小船
搭着我
一身的悠闲
躺在您的身上
像一只得意
鸟儿

多少年过去了
我还要认识您
沿着这些倾泻的水
这些疼
不说话
像多年前一样

飘在头顶的云烟
吹不散的燃烧痕迹
支撑过
黑暗的前夜
一切都会继续下去
连同超载的往事
依然在水中

桂江　坚韧之后
岸边总会重会
青草在风中呼吸
阳光照耀
一路流去
长出了
滔滔不绝的读者

桂花开了

桂花开了
去年来过
今年又来了
桂花开了
久别一年时光
依然
满头的金黄
以盛开
爱着大地
我的双足
行走在
秋的枝丫下
我的嗅觉
贪婪地吮吸
它的芬芳
我感觉
呼吸轻盈如风
我感到　此刻
载满
一坛诗歌

桂花开了
那么美

那么纯
那么香
清闲淡远
我愿长久
抬头看
桂花
慢慢开放
无羁的心
会平静下来
因为事物
越来越简洁
桂花香
也会征服
我的世界
我愿为桂花
停留下来
在深夜
去寻找
那个舒展长袖的
嫦娥
但是　不惊动
她的美梦

与你相见

伫立在
碧波荡漾的柳江
当秀美的峰峦拂去
你瘦弱的背影
默念中
柳州
一艘大船
你在船头
我在船尾
相见
已经一千两百年
江风中拖曳的柳树
恰如你
最后的微笑
缄默中
我依稀看见
树丛间
你忙碌的身影

一个理想主义的
改革者
不会拥有
虚拟的时光

一颗痛楚孤苦的心
会更加纯净
平静得
波澜不惊
烟雨的柳江两岸
冷冷的凉风中
你
一把油纸伞
饮着雨露
穿行街巷
革乡法　赎奴婢
动土打井解民之劳
种竹三万栽菜百畦
大修孔子庙
柳人知学
蒙昧得以教化
胎死长安的改革理念
在山水之间
生根开花
柳民遇到的缘
不是哪里
都能等来的福分

柳柳州
天生注定
你是一种力量
挺拔得让人
难以置信

流畅的线条
野性的活力
持久的生命
将坚定的秉性
布满柳州
每一个角落
这是因为
你的肉体
和这块土地
融在一起
你的灵魂
笔直飘逸
就会长久地
高居云端
我也有幸
与你相遇
选择在重文重情
和生长的
那个世纪
彼此的风景里
我懂得
若要度物
先要度人

好一个柳州仔

头顶的蓝天
干净的
蓝天下的白云
干净的
白云下的大地
干净的
被风吹拂的柳州
干净的
好一个柳州仔
干净的柳州仔
悲怆的故事
干净到肝肠寸断
托不住我
一串下坠的泪水

也许
一位值得景仰的人
这样称呼
未免太俗
很不礼貌
原谅
世俗的我
把他当成兄弟

与他相遇
在桂林的北门
擎天一柱
停住匆忙的脚步
几乎同时
抬头一看
无法说出
心里的感受
只觉得
隐秘很久的一角
涌出一片清洁的光
像一颗子弹
告诉我
顶天立地的
人界

烽燧飘逝
咯血落日
日军十万
辎重嘶鸣
奔突青山秀水
血光燃烧
喀斯特
漓水被铁蹄
践踏
朔风掠过
城垣绽满悲怆
明知

敌众我寡
以卵击石
柳州仔
服从命令为天职
一身正气
如凌厉的风
喷射愤怒光芒
尖刀般犀利
利索血性
万人一心
怀决死之志
以血肉
荐轩辕
与桂林共存亡
不愿苟存
搭你都困（柳州方言：懒得理你）
不做降将军
亘卵多废话（柳州方言：别废话）
战死最后
自戕殉国
一颗子弹
像冰一样
透明
像雪一样
洁白
冰封年轻的
生命
霎时间

我
无语
因为词竭
生不出新词
形容此刻
我知这
绝不是凛然
那般简单
阚维雍
不给柳州人
跌滩（柳州方言：丢脸）
灵魂穿透
大地闪烁

这一幕啊
这样的悲壮
那般符合
柳州仔的清盆（柳州方言：干脆）
柳州仔的直率
十足的柳州仔
阚将军演绎
舍生取义
矢志在成仁
担当
真实
如此深刻
干净的大戏
呼唤出英风

长出诗
雁过高天
飘翎落地
鬼子入城
也得重殓英烈
对天鸣枪
鞠躬举哀
敬佩忠勇

好哇
我的兄弟
英勇的兄弟
好一个柳州仔
如此干净
站立一尊传奇
自岁月之河
升起
传说
抗倭语言
几卵坚（柳州方言：多么好）
我高呼
赞美
不知相望了多久
就像读着一本书
哪怕失传于时光
但
意义还与梦想
同在

我转身离去
走得很慢很慢
还想停下来
还想回眸
时间终究落到
地上
果实将穿过它
向上生长
渴望
干净　清白
我不再挥霍
时间和疼痛的句子
今夜我要喝一杯
这杯酒　给
满是敬重的
月光

上圣堂山

向南　时间大地上
长出的圣堂山
像筋骨突兀的书法
或提或弯
颜色越来越深
山崖上粗壮杜鹃
等着春天
缭绕的色彩
变幻盛放
四季在这里
静静地更替

浅浅的雾
在树梢和花草中
徘徊
一行印迹
深深浅浅
吃力地植入荒野
慢慢地向上
穿过
世代耕耘的天幕
绵延　退远
漫向天堂般圣境

不用任何构思
在我梦的心头
涂抹

即将到来的秋
风掠过罗汉松
树叶一次次
吹动　舞蹈
一枚树叶
飘落我的脚尖
鸟掠过铁杉
振翅表达心情愉快
一种温暖的力量
向我靠近
被我记住
多么清凉的山风
抚平人心
无边无际的缝隙
所经历的一切
山的一角搁置
写一篇
夏天的告别词

山巅已为我平坦
在圣洁天堂
瞭望
高洁的天空
诗一般

天然无饰
自由舒展
我虽默默无语
却漫漫虔诚
唤响尘封的回声
这时
天空离我很近
尘世与我远了
激动的目光
掠过飞鸟
再一次上路

土司衙署

从一个雨季
到另一个雨季
布满的静默
难以言说
总是苍郁的树木
落在忻城
翠屏山

山下
一座土司衙署
无数细节
随着风吹飘散
月亮冷清
谁在苦苦等待
数百年后的回眸
往事是何事
谁能分清
难以纠缠
每一个人
只是一缕轻烟
挂在风中
慢慢冷却而孤独
天　一下子高了

地　一下子陷了
所有的沟隙
仇怨　冤屈
缝合或泯灭或原谅
都被融汇
我看见
山上的树林
此起彼伏地飞翔
一只鸟
与另一只鸟离别
不知为什么离去
也不知去向哪里

所有死亡与新生
在炊烟的尽头
翠屏山一如既往
长出一棵棵绿树
一片片绿叶
我无法判断
谁在主宰着这儿
但谁也不能忘记
陌生与陌生的背后
隐藏着
一种渴望生存的
默契
生命藏在
另一个世界
等待

春暖花开

从一个雨季
到另一个雨季
洗刷着苍凉的残存
所有的记忆
岁月如晦
只是路过人间
深深浅浅的脚印

54 天

我是安静的洋渡
等在你经过的路旁
河水不忍我
焦急的等待
扬起清澈的涟漪
飞鸟的低语
像你风尘仆仆的脚履
我是你心上的花房
洋渡是我的前门
山风沉醉
送来不尽花香
一张张黄色的小嘴
仰天歌唱
嚷着盼你住下

千里之外
你真的来了
钻山洞　察民风
纵横阡陌
如同一次
虔诚的修行
一住竟然 54 天
心间开启

无边的花园
欣慰坐在
三里的门槛上
惊奇映照
你与上林的脸庞
来见你的人
像一只只鸟儿翻飞
五彩的翅膀
一个热爱生活的人
爱着世上的一切
一次人生旅程
是逼近心灵的过程

54 天
你的激情涌成
朴实的一万四千言
自然　人　神共处
让我沉迷
随之悲喜
像从来没有暮色
来临和离去
今夜
上林的风
仍传唱你的歌
于是我
在漂泊中
找到了你
知道

晚清文学巨子
钱谦益
为什么把你的
《徐霞客游记》
称为世间真文字
大文字
奇文字

东　红

念想
何时能去一趟
上林的东红湿地
顺着坚硬的
喀斯特峡谷
深入
地下无尽的泉涌
浸化丛生的
荒野

五月的阳光
火辣辣铺满
山间潮澜的土地
瞬息错落
溢彩流光
晒热了
我的心田
日光中
遥望泼墨般群山
绿了
一片生命
每一种细胞
都在跳动

幽静中
被爱　或爱
包裹着稚嫩
生机　顽强
属于各自的意义

我多么羡慕
她们身上
藏着
一种柔软和坚硬
无比丰饶

下水源

下水源
我踩着
你的发辫而上
踩痛了霞客翁
一个个文字
和长寂的碧绿

仲夏
人们爱从城里拥来
歇息民宿
调理心情
听溪流淙淙
虫儿叽叽
滤净尘嚣

那么多温婉
音符
相通于
美好的感觉中
水的流速到树的姿态
从无慌乱
感叹天地间
无比深远

怀念上林
心叶一如
山风无限
山居
一种别样的幸福
拨开许多世俗的
眼睛

海棠桥

雨后
天空下
我注视着
一片海棠
注视着
雨水洗去它的灰尘

香稻溪
不种香稻
种下一片海棠
海棠花开
一溪紫色忧郁
我的视野
和经验之外
暗藏一条河流
一个朝代的学士
站在溪上木桥
以酒作伴
触景生情
写下
醉乡广大
人间小

海棠长了多久
有谁知道
我吟读诗句
海棠开
春色又添多少
你怎么忽然
成了犯人
像一只孤独的飞鸟
流落横州
夜不寐　涕纵横
锁住一支燃烧的红烛
偌大中原
放不下
一个孤独词人
哪怕他的词句
如何婉约

贬就贬吧
你就是你
秦少游
不改本性
治学尚文
唤醒边疆
沉睡的词眼
横州之幸
从此　桥之上
访客络绎
总读着

华彩词句
花开映红
春风十里
一个失意男人
漫长的睡眠
不再孤单
不再寒冷

哦　海棠桥
等待我
生者与故人
在此相聚
溪水缓缓
我情戚戚
桥已变重
海棠又开了
分明时间
遭遇空间
旧事已成永恒
苦难与婉约
莺飞草长
灿烂邈远
将一个人的思想
推向
一个让人感叹的
境界

酋　长

石壁上
飘飘羽毛
连接天上红霞
和水边花树
石壁中
传出
“呢啰”的韵律
铜鼓仿佛
情感的储藏器
日复一日
迸发
应和
风雨雷电
亲爱的酋长
我怎么也找不着你

明江的秋天
山花烂漫
刀　戟　箭
猎获的鸟兽
已分割完毕
田地的五谷
收晒入藏

想象一个个酒碗
跳图腾之舞
交织在
梦幻般的江面
我无法确定
自己置身于
哪个遥远的年代
我喜欢
那些跳舞的人
都长着
同样的面孔
他们
是我的祖辈
古铜色的皮肤
张开
七情与六欲
灵感与豪情
他们的歌声
震撼心底
燃烧灵魂
文化的
雏影与原声
被历史界面
固定下来

俯仰之间
从左到右
亲爱的酋长

你在哪里
也许
你已在黄昏时分
消失　注定
你在我的诗歌里
成为亡灵的人
你
给自己画好
一幅壮锦
给自己最壮观
歌态和舞姿
我
惊怵于你
采用的红
风剥雨蚀
永久鲜妍
装饰你们
永远在世间

幕后英雄

镇南关
化为一段故事
故事如墙上的石痕
洼洼坑坑　心事茫茫
萋萋芳草　早已
淹没了斑驳的从前
唯有默默的
墙石
还在诉说
诉说一个人

狼烟四起
神州岌岌可危
先生焦虑的眼睛
穿过异地
寒冷
与你相隔
数千里
人在旅途
目光遥望南方
愤怒的鸥鸟
从眸子飞出
一颗丹心

抚摸破国亡家

一部中法战争史
你大开大合
受命于
灾难深重的一页
收拾贪生怕死
残局
拦截溃败如流潮水
整军　核饷
和将　安民
举推老帅冯子材
随之
镇南关走进了
世界史书

百年以还
镇南关大捷
国人翘首颂扬
先生的名字
成了注脚
这样不公平
一个被遗忘者
年轻按察使
李秉衡
应该被
高高地景仰
歌唱

小连城

逶迤的城墙上
憩着一只鹰
它抖动翅膀
使我看见
一堆倒下的时间
被青草掩埋
顺着豁口看去
一条上山的路
下来了一个人
如长风出谷
崇山峻崖

他的头发
青草一样展开
他的胸腹
奔跑的疆场
他站在昨日时光
山坡上
引我注目
让我分享他
携带的词语
温暖的爱
又让我饱受

他的冤屈
心里发怵

清正忠义
凛然淡泊
鹰一样
扼守山的一侧
云飞涛卷
血从骨头缝里
流出
燃烧着
倔强的火焰
让边陲天空
澄清　干净
入侵者
不敢北望

月光最懂人间事
情到高处
小人
就会妒忌
朝廷
是非不分
我听见
隐藏云里的痛
叮在大地的痛
我站在来路
淌血

因为他的遭遇
脚下的大地
开始倾斜

咏汪森

三百多年前
春天
江南水乡
碧巢书屋
少年汪森
摊开秘籍
神情专注
翻至最后一行
朗朗吟哦
飞出窗外
他的心思
飘得很远很远

书囊相伴
他的路途
踽踽独行
从浙江向京城
从桂林至崇左
一路搜购
抵达洗濯灵魂
烟雨南疆
掬一捧清溪的月色
打开书页千本

迷醉木棉花开

眼睛盛满
纯洁的星光
一千多年
粤西风物
原本糨糊一般
梳入
芳菲四溢的文字
留下
《粤西三载》
史家依仗它们
活了下来
我把汪森
整个汪森
藏在心里

左　江

左江从故乡流过
带走宁静
带走欢笑
却没有
带走贫困

河岸的小草
不会衰老
身子在
低矮的倒影中
匍匐前行

站在陡峭处
跟随江的流势
花山崖画
是一幅世界名作
镶嵌在江岸上
从昨夜鸡叫
壮胞的视线
到归来的燕子
布满了整整
一条河流

为流星
划过的伤痕
这河流过泪
也有过倔强
滴血的残阳
沉入河底
把河水
渲染

如今的游子
对着河呼喊
没有
激起大山的诉说
疲劳的左江
爬不动山里
沟沟坎坎
扬不起风的水车
只有朴素的欲望
祖祖辈辈
在山中
碰撞

左江
流过父辈的记忆
也流过故乡
每一寸土地
它用单纯的气节

那黝黝的生命
在故乡河的脉流中
渐红

左江斜塔

就像这春寒
细雨和朔风
与左江签署
悲壮契约
让人猜测的你
与众不同的姿态
意味着什么

生下来就这样
还是后来才这样
斜了几百年
也许还要
几百年
几千年
正如日月经天
你的自身对应
一种智慧
坐在滚滚东去
江水中
露出既定的艰难
让我相信
英雄　勇气　命运
任凭浪急旋多

风刮雨击

容纳旷野寂寥
过滤人间更迭
心里写满
对世事的感慨
特立独行
就是一个奇迹

想念张鸣岐

山那边是山
山里
就是边关
相信
木棉　河水　溶洞
甚至蝙蝠
他们
日出而息
坐在时间
指针上
种下岁月

百年前
一个山东书生
被两广总督
岑春煊看中
变成边疆重臣
沐浴山间冷月
并不悠闲
一番心事
心揣大清
没有比这更沉重
一个梦

开始他的追逐
把淌下的汗水
做成一块块
厚实的基石
把岁月
踩出一条条
连接边关道路
铺成
一个人精忠报国
成长史

时间浓缩
龙州历史
有张鸣岐
他呼唤血
突然想起
一个做事的人
思想与行为
在这里抵达
书生　好官
让人世有味
有道

活　着

走了很久
我找到这座纪念碑
丽江水穿城而过
铁桥沧桑
倒影里
当年走街过巷
叫卖吆喝
至今尚在水面
逗留

从江南豪门
出走吾乡
成全了你的历史
随后烟瘴匪患
覆盖你的生活
史书上说你
非常可爱
不管春蚕咀嚼断戟
是什么滋味
你说爱它们
发出的声音
让你忘记
内心的惶恐

烦恼

你本戍边从戎
统领边防全军
却为了思想
离开黑夜
兴办学堂
推行新政
创立女学
建图书社
清晨　与老人们
杂然相坐
市声里洋溢
茶香书味
至肺腑
治身世之感
疗亡国之痛

龙州蕴含
文化信息有多大
像遍地的桄榔树
正直向上
让人仰望
怦然心动
我心里反复念叨
你的名字
庄蕴宽
享受活着的意义

难怪
你的同事陆荣廷
为活着的你立碑

从明仕到德天

从明仕
到德天
看山的灵魂
水的韵律
山
静如珠子穿行
水
化作大千世界
山与水几成一体
水与山
共修今世来生
我与清风
共看山
仙风道骨
圈养我的静寂
我与明月
共看水
清是绝唱
浊亦绝唱

从明仕
到德天
清静时

温婉柔情
汹涌时
澎湃激昂
远离尘世
我与万籁
同修炼
不知时空
所以爱
记下
并且迷恋

三　月

三月的烟雨刚停
一群群姑娘
赶回了山间
转过每一个山坳
逢上灿烂
红木棉
楚楚动人的泪滴
打湿一把
春天深处的天琴

田垌之间
那么多民间的花朵
轻轻摇动
一首湿润的春歌
行在风中
运动鞋
留下淘气的脚印
草丛的露水
擦亮蔗地犁铧

前天　母亲
从山上采回
一把红枫叶

还有蓝草
红草和山枝子
昨日　姑娘
把糯米染成
五色的彩饭
飘香的歌谣
绽开如花的心事
可是
谁能拾起还乡人
歌声

红棉已落
穿心而过
红色糯米饭
故乡最好的
土壤安抚
小伙儿的心里
却种下
秘密的惆怅
蜷缩在
他的忧郁里

山歌好比春江水

春天的江水
流过山村
在春天里
做一个休闲的人
是一件多么
快乐的事
青青的水
绿绿的草
自由生长
在天长地久的地方
在我宁静的家乡
简简单单
心里喜欢
心里总是
那样温暖

山歌好比春江水
五彩花儿
像星光灿烂
心境澄明
草木繁茂
没有什么
令我烦忧

我对美好的山水
心情感激
我对善良的人们
无限敬意
藤和树相守
在岁月的土地上
我怎不依恋
温馨的田园

万福山

行走万福山
带来春天的涌动
幽洞的石笋
传递历史的回音
玲珑剔透
曲折迂回
父亲的童话
渗透浓墨的山水
留下几多梦想
几多辞令
其中的细节
均无法更改

山下
绿树蓊郁
枯榕江
一条绿色的飘带
人们诠释
天人合一的道理
捧一捧山水
洗洗脸
我的乡亲
我的根

我成了
一个陌生人

山　离我很远
不知该怎样接近
扯伤我的心思
山　离我已近
带着淡淡
乡情
在圣境中
将心放逐
细细打量
喃喃自语
恰春雨绵绵
是啊
只要能看着
能想着
就是幸福的

白水塘

越是远离故土
越是情系故乡
越是身处遥远异域
越是时时叩问自己
割舍不掉的乡愁
与流在血管里
记忆
我的前辈
我的白水塘

白水塘
我看见
我的前辈
活在活现
神话
看见
家族的历史
特别的印迹
刻在那些依然
生长的树上
看见
我的前辈
总是受命危难

却总清正一身
看不惯小人
贪鄙卑污
冒功侵蚀
纵寇殃民
滚一边
统统
上奏参劾

一生奔波
上谕数赏
绝无
留恋荣华富贵
我不能不感慨
此时
六十有六
我的前辈
坚辞回乡
安于平民
白水塘
是家族的庆典
钦江的水
同属一个类族
它的波澜
赐给生命
于是
我的前辈
汇入南海

白水塘的一切
慢下来了
慢得瓜皮送白粥
阳光
空气舒缓
拖长尾音的白话
轻曼悠扬
一杯茶
没有人的打扰
那是一份
高贵的悠闲

然而
白水塘的夜
一直醒着
我的前辈
没有忽略
对战争
切肤之痛
所以
当法国人进犯国境
白水塘
七旬老汉
以他明辨风雨的
脉冲
以他经天纬地的
神经
自告奋勇

重披战袍
奏请出兵
于是
萃军十营
棺材一口
不归尼格里
便属冯子材
十个大字
写在棺材上
成为
军中冲锋陷阵
战歌
挥师出关
一举长驱
凉山长庆
大败法军
重伤
法军司令尼格里
烽火映天
红河落日
镇南关大捷
谅山光复
几使巴黎闹成革命
茹费理内阁
突然倒塌
子材英名
越洋法兰西
回到北京时间上

加长
中国史话

足够了
我的前辈
不使黄龙
成痛饮
创造属于自己
氏族的标志
创造中外战争
不朽的战绩
无与伦比
民族英雄
不须喟叹什么
千秋功罪
谁人曾与评说
有历史交给
曾经饱受
耻辱的国度
把魂灵留
在长满青草的
大地
多么好的白水塘
一个
国家保存的
人物档案
把生命永恒之光
照耀成子孙万代

一座伟岸心碑
那般辉煌
那般深刻
足以让
所有光芒失色
所有贪婪和掠夺
望而生畏
让每一颗心
成为最优美的
守护
我知道
这绝不仅仅是
对冯子材的
缅怀

我深爱
白水塘
就像爱着他
寂静之声的
无动于衷

黑旗猎猎

一个生命
从北部湾升起
被命运刺痛
眼睛
风雨飘摇中
刚直　站立
而立之年
刘永福
黑旗一挥
像一只黑色
雄鹰
飞翔在越北
变化莫测的天空
飓风一般威武
一战
法驸马安邺授首
再战
李威利分尸
从罗池到纸桥
赫赫战威
声宣寰宇
是黑夜里划过
一道道闪电

越南上下
大开眼界
出身贫贱而
荣膺三宣提督高职
饰华服
故国之心常怀
永福的灵魂
注定
绕着地球
炳耀册乘

而此时苍茫大地
大烟灯下
已满是
骨瘦如柴
沉重鼾声
催醒
永福每根神经
此身虽老
热血常存
意识危亡的存在
意识危难敲击
每一条
九曲回肠
“永福
中国广西人
当为中国
捍蔽边疆

一生唯以
忠君爱国为本
不使外洋
欺我中国”
浩歌清醒
从容
毫不却步
雷霆
在灰暗的天空里
真正雄放

于是　黑旗猎猎
整个身心
像浸润在
充满智慧
河流
奋蹄扬鬃
凛凛雄风
亚洲人
欧洲的面孔
狭路相逢
一道道闪电中
血从胸口溅出
沸腾的目光
纷纷陨落
番鬼佬气焰
魂飞魄散
梦　和哭声

一起到来
转瞬之间
刘二打番鬼
越打越好睇
三战
法军全灭
多少生动细节
如云涌来
厚积
正史野史
浩渺的深沉
举世无双的骄傲
在历史
深深隧道
溅起
一片响彻东西
清澈的回声
我听见了
空旷的
那种滚动
像在不停地
咆哮
巨大到无声

也许
危险的路
只配勇敢者
去跋涉

一切感召
出自内心
太阳西沉
凝滞着
天气转阴又转阴
甲午大清战败
《马关条约》
丧权辱国
魔鬼吞噬
波涛中的宝岛
月亮摇摇欲坠
太阳滴血
烟尘四处消散
永福驻防台湾
此刻
当与宝岛
共存亡
万死不辞
纵使片土之剩
绝不让给倭寇
以张中华
挞伐之威
我看见
灵魂的拥有者
有自己
家园
携带自己
真情

凝聚军民
熊熊燃烧
光明与黑暗
交织的肉体
大火漫天
雷声在响
卷刃在时光之中
所有灾难
深重的民族
被深深打动
中国认识
这面黑旗
世界认识
这面黑旗

黑旗猎猎
永不褪去的光泽
那光泽来自天上
荣耀和美德
来自
钦江两岸
来自
三宣堂
来自
忠诚的血液
天上的光
终究飘向来处
穿透板桂街

聚集
古往今来目光
照亮
历史前额的印记
踩踏
历史萎缩的瞳孔
站在钦江之岸
我
听见
一个巨大而清晰
声音
这是翻动历史
呼噜声
是灵魂追赶灵魂
咒语
是鲜血
在沸腾
是心灵
在燃烧
岩石在碎裂
沉睡的心
睁开了眼睛
我多情的文字
在猩红
酒杯里

灵山荔枝

积聚
所有的温度
以花的白
换来
枝头深深的红
六月阳光照耀下
不再以
沉默的方式
沉淀厚重的季节
充满生机
无与伦比
可以品尝
丰沛的甜
可以体会
剔透的鲜

充满芳香的风
悄然无声
走过树下的人
在这里站上一刻钟
仰着脸
目睹果实的殷红
可以无视自己

可以无视夏天
和这个季节的
一切
而这果实
不须攀比
一切因与果
甜蜜或苦涩
果树都知道

坭兴陶

坭兴陶
在钦江两岸
像一个从容的
老人
紫烟日照
在他身上涂抹
古色古香
记忆
融诗　画　书
于一体
千年工笔写意
历久弥新
每一个单体
细腻　坚硬
绝无类同
将钦顺之地
烘托得神秘
厚重
竖起自己
尊严

钦州人
对坭兴陶

肃然起敬
一直这样
用坭兴壶
泡上香茗
捧给客人
沁入
每一个饮者之心
回味悠长
豪情与柔情
都生发出来
怀念
历史的缠绵
神仙般的享受
让人心动
看来
坭兴
是钦州人
与自然
解不开的
生死情

三海岩

三海岩
一声疼痛
立地成穴
就是亿万斯年
像一棵老树
长在大地上
在它的庇护
春夏秋冬
都感到温暖与清凉
三海岩很小
在中国的地图上
很容易被忽略
一条史前的河流
在这里
在我们诞生之前
很多文人墨客来过
看见了手印
打日本鬼的时候
蔡廷锴二十六集团军
这里安营扎寨
在深夜
那些洞穴
还会听到战马

嘶鸣
它黑夜的火焰
烙印嵌在
沧桑的洞穴
接受着心灵
祭奠
我也见过
黑云一样遮蔽
天空的乌鸦
天地之间
黑色风暴
狂躁的翅膀
嚎叫的利爪
抓挠大地的枯草
多少双眼
在漆黑的烈焰中
凝息
让我说
起这个地方的时候
还能说出
一些过去的故事
那些相遇
近于梦幻
多少年过去了
山还是这座山
树还是这些树
夏天的过江龙花
和一片片

黄色的野菊花
纠缠在一起
照样开放
在洞前的石壁上
我没有留意
花儿是否飘香
生命将岁月
涂改了容颜
或者　那些摩崖石刻
还清晰地展露
埋藏在深处的
依然是
洞中岁月
我仍不能读懂

永远的冯敏昌

生性不羁
足迹半天下
被内心的仰望
指引
拈起五岳
饱蘸江湖之水
气化为神
通诗　文
金石　书画

为人师表
推德化教育
博学扎实
精神仓库般身体
穿梭四所学院
诲人不倦
嘉言懿行
催开桃李万朵

被钦点
《四库全书》馆臣
贵而不贪
屡遭和珅陷害

十年　文字中
安身立命
以心血为墨
用肉体折成巨著

轻轻把
一页页文字打开
就把一个读书人
压得服服帖帖
看见鱼山先生
行走字里行间
整个下午
我神思恍惚

卷帙浩繁
历史长卷上留下
广西唯一
参编者的英名
浪花淘尽
秋月春风
写就一个
永远的故事

思念的马

回望十万山
祖父在这里上马
父亲在这里下鞍
而我心怀忧郁
思念久远的马

回望十万山
我在好汉的故事里
出生
土地的颜色
和血一样
高过太阳的梦
系着洁白的马

回望十万山
我注定
不能顺水漂过
永远不能
仰望峰顶
潸然泪下
你在哪里
我昂首雄视的马

回望十万山
我无法不回头
无法不天天远望
等待长啸
等待
一路长风破晓
我跨江渡海的马

北仑河码头

北仑河
被两国抛下
清澈的波浪
来不及
为热闹的码头
停下来
穿梭的船
人的喧闹
与马达声
隐匿了
越盾与人民币
兑换
蝴蝶鸳鸯一齐
欢歌戏水
此时　我在
熙熙攘攘中
感到
莫名的激动

边贸
给了繁忙的
界河
一片蓝天

恰好印证——
和为贵
生意之人
只在乎市场的
信息
船舱的真实
更具体　过去是
现在更是
再清澈的河水
也清洗不了
尘世之俗

伯南先生

生于防城河洲
你有一颗
雷电的心脏
读钦县警察讲习所
你写下第一首诗
与山河有关
把自己孕育
三尺剑身
出乡关

追随孙中山
护法战争
讨伐陈炯明
战功卓著
春风从你的怀里
经过
天边就亮了
拯民于水火
解民于倒悬
风雨暗淡的岁月
心中盛满真情
纵横交织
珠江两岸

荡起繁花清芳
羊城一片祥瑞
中山纪念堂
天河机场
海珠桥
爱群大厦落成
老一辈广州人对你
念念不忘
广州酒家里
一边叹茶
一边聆听《步步高》
声韵直逼记忆深处
中山大学新校舍扩建
创办勷勤大学
广州音乐学院
国立医学院
你以此当作
立国之本
永久的事业
留给了前人
也留给了当代
难怪邓小平对你
夸赞有加
治粤八年
确有建树

我佩服有作为的你
成就广州的黄金时代

却翻越了多少
崇山峻岭
穿过多少
沼泽深渊
想抵达梦
但却不允许
好像你的眼心
执着的烛焰里
闪着痛念的泪影
豪迈悲壮的诗
无法穷尽

沉睡的风景

北面吹来
冷风
伴我
来到你的跟前
看你睡眠
在没有
阳光的日子
温暖贮存了
一颗僵硬已久的
诗心

汉砖拱砌墓道
深藏
珠还合浦意境
我真想
就此迷路
躯体穿越
昨日珠城
看孟尝亲民
威德远播
沐丝路花雨
疍家风情
悠远古歌述说传奇

变幻节奏
掀起历史面纱
梦幻的色彩
跃上甲板
炽烈的心
推开一扇扇
国家之门
两千年遐思
成为一道道
闪电
向天喧嚣
原野之上
波涛之上

埋在地下的东西
出了土叫文物
体现
历史地位
今天价值
准确地说
你是一任江山
的盛景
我只想
细细品味
沉睡的胜景
仰望闪耀的空冥
等煦风又起
我再写一首歌
给你

涠洲岛

以不衰的记忆
雕成世纪风云的轨迹
雕成不被腐败的永恒
离开大陆
远离世俗的喧嚣
被禁锢的信念
以火之语
以风之语
经日月之碾压
经潮汐之拍打
凝结为坚硬
纯化为芝麻般
礁石
流　岁月的波痕
汲取天地冷暖
让种类繁多的希望
逐个发芽
茂密成葱郁的森林
洋溢成五彩的花园
成为精灵的居室
洁白的祥云飘在头上
翱翔的鸣禽
也愿在此筑巢搭窝

以爱心
容世间的美妙

我用脚底叩响
鳄鱼山的栈道
呼唤海风拂去
心上浮尘
哪怕铅注的双腿
也要磨砺成
海底天空
通透的力量
像黑夜
为了寻求光明
而向上攀登
像本草
为了寻求鲜艳
奔向雨季
我的疲劳
被仙人掌刺碎
洒在火山石上
如流水落花
阳光如此灿烂
让我的心
像辽阔的水
蓬勃了生机
将天地的变迁
藏于心底
将人间的沧桑

藏于心底
我匍匐
在她的怀里
看长空如洗的湛蓝
骤然深邃而平静
终于明白
涠洲岛
天为什么这么蓝
云为什么这么白
水为什么这么清澈
心为什么这么干净

海角亭

在风里
海之角
品一呷酽醇香茗
让人情不自禁
面对南海
敞开喉咙呼喊

再也不见
海天胜境
这尘世
越来越少的美
黄土之下
汉孟宋苏
将梦魂
牢牢拴在亭内

沧海桑田
只有风的慰藉
像一段古朴丝绸
飘向遥远
还是这个漱月
高高孤照
谁苦苦等待

千年以后的回眸

与海角亭
并肩站立
万里瞻天
至少还有想象
声韵直逼
历史深处
我感到
一派黄昏的时光

是不是只有到了
这个时候
我们的心
才为之一颤
一刹那伤感
看着看着
就看到了
一种内涵中的
内涵

悲伤的院子

走进这个院子
总有“文革”
记忆
以及千古英雄
不屈
抚摸镶嵌亭上
东坡词
探看龙眼树下
东坡井
缘深缘浅
都很用情

一生
在大地上颠簸
走走　停停
泱泱大国的庙堂
让你
一身疲惫
家破人亡
你获“解放”
漂泊归来
这日子
这院子

你会想念朝云
这是千杯散尽时
暖暖醉意
想念与她
终日相伴故事
想念她的柔情
与性灵
想念她端坐
惠城西湖岸边
把善良忧伤
深深融进
你的瞳孔
时光抹不去
记忆与温度
池塘的波光
把古老爱与伤
照得发亮
照得心酸

如今
这珍珠的城
已经老去
这院子
与沧桑与艰辛
有关
亭与井
悄然
在冷月下面

让我悲怆
不过
你就是你
走出这个院子
不远处
“万里瞻天”
手书着
你的庙堂
你的江湖
天地同明
南珠一样润光

向上的树根

红树林的躯干
虽然
被海浪打伤
但绝不倒下
潮起潮落
留下果实
花叶飘落着
却回头
一个劲儿地笑

有人说
树根的宿命
总是向下
生长在黑暗里
牢牢抓住泥土
红树林
站稳脚跟
就从黑暗中出走
向上　向上

向上的树根
要分享人间
阳光　空气

让每一天
光明与黑暗
在自己身上
如书页
翻过来
翻过去
活得
有滋有味

因而
红树林
与众不同的性格
坚韧　向上
向上的生命
顶风破浪
守护海岸
始终不渝
如此
相互簇拥的生命
是爱　是力量
是美丽的天堂
白鹭自由地
飞翔

梧州的骑楼

闪身走进
鸳鸯江边
雕梁画栋的骑楼
倾听风自由呼吸
中西合璧的廊道
曾经门庭若市
韶华如歌
响在心上的
不止风尘
可有脚步声
是孙逸仙
和伙伴们
商议
北伐大计
内心装着一团火
是国民第一杀手
王亚樵与李济深
密谋刺杀蒋介石
藐视所有黑暗
当然
风情万种的
凉茶西施与
王亚樵幽会

卿卿我我
和闪电的
梦断魂牵
以暗淡的方式
多么悲怆

正史如铁
严肃未免生硬
野史如水
多情却成泛滥
非正非野亦正亦野
一坛老酒
芳香四溢
飘来
醇厚的
岁月味道
独特　坚实存在
安抚
疲惫远行的心
珍藏一段段
时而饱满
时而空虚的
生命历程
守候曾经穿越的
滚滚烟尘
无须演绎

我来河东的时候
雨季的到来
有些冰冷
苍生如此寂静
我不经意间
一种诗意的怀想

忠　诚

——写给袁崇焕

天的寒冷
与寂寞同路
连老百姓也成了
看客和帮凶
你吟着悲壮的
《临刑口占》
带着比烛光
更亮的火把
祈望这火光
将大地的冰雪
融化

本来忠肝义胆
智勇双全
步履如此铿锵
一曲离歌
殷殷实实
比水晶
还清澈的眼睛
让迷乱者
不敢直面

谗言　阴谋　磔刑
张着血盆大嘴
你殷红的血
高贵地喷薄而出
把昏君　刽子手
淹没
把争抢你的肉块者
灵魂　吞噬

突如其来的震颤
绝不喊半句冤屈
用忠诚面对
去平复
令人心碎的杂音
然而
我看到那么多
沮丧和困惑
好在　时间是
是非的评判者

大坡河畔的翠竹

料神的山坡
是岭南
挺起的胸骨
站在这里
可以回眺
他的灵魂
从这里出发
四处漂泊
大坡河水
流经
丰美的田畴
两岸的竹林
弯着腰
向他送别
不想长得很高
为他留着
像他一样的传说
和辽阔的天空

苍苍翠竹
无法遮掩
那刀光剑影
在大地剧烈的

晃动中
遮天蔽日的雾
被撕开一条裂缝
看见了
暴君的癫狂
和迷乱
撕裂良知
撕裂时空
撕裂了
生存与生态
这份沉重输入
每一棵树中
他发现
自己的骨骼
心脏　血液
越来越重

难忘忧患满人间
悲伤分娩愤怒
辉映忧伤的星火
他看见了
迈出的脚印
尽管
多少幻想
在灼热的身躯上
沉没
也要
用生命的剧痛

心无旁骛
不畏独裁
永不低头
换来
一生的凛然大义
一世的正直之歌
为凋零的诗篇
洒一胸心血
将军的志向
像大坡河
奔流不息
具有震撼人心
力量
我聆听
哗哗的声音
它的气息
染绿了
蓊郁的竹林
溢出怀念的天空
静静地与山坡
连在一起
我要用
一万个竹节
铭刻他——
李济深

容县这个地方

事实上
从一开始
大地就是
连在一起
一条河
流淌
那些村庄
几乎都长得一个样
有的大一点
有的小一点
有的在平原
有的山里面
起早贪黑的人
都一样勤劳
田地里的劳作
几乎一个样
地里长满庄稼
圈里的牛和猪
地里的鸡和鸭
长得差不多
飘移如烟的云
时间在上
如闪亮的雨

人间天堂
有更为传奇
却令我神往

祖先们
归宿和藏身之地
养活一代一代人
每个村庄
以祖先的血统命名
辽阔的风
吹破重重叠嶂
至少我能看见
绵长的绣江
向前流淌
祖国　苦难森林
一座一座
山冈
一条一条
江河
连在一起
于是
颠簸的日子
一双双眼睛
更深刻愤怒
一只只飞鸟
喉咙发出召集
变成更多的翅膀
众多的追随

站立绝不跪下
与无数事实相关
散落的骨头
遭遇风雨
沸腾的血渗出地面
蔓延在
中国沥沥雨中
而今以草木之心
亲近泥土
我突然忧伤
源自他们
因为我
敬重正义的生命
因为我
这些铁汉的眼神
点燃我的肺腑
我愿意
为他们再铺上
一条绣江

万历元年

万历元年
英国十二岁的培根
天纵英姿
进入剑桥
德国的奥托算出
圆周率小数点后
的七位
世界为之震撼
其实
这个结果
我们祖冲之
比奥托
早一千多年
已经算出
我不知道
为什么当时
没有公告世间

万历元年
绣江流淌
岸边矗立一座
黄瓦宽檐
三层木阁楼

神乎其神
异想天开
悬空的楼脚
惊世骇俗
令人捏汗
果然
历经无数
风暴袭击
地震摇撼
阁楼一站
便四百多年
重复光阴
安然无恙

登临吟岁月
我慢慢知道
神秘木质世界
无一铁器
三千格木构件
串联吻合
一根木柱
一段艰辛经历
每个榫头
相互制约
支撑沉重负荷
四柱金柱顶起
技艺超群的
真武阁

梁思成
也不得不折服
名不虚传
百闻不如一见

倚窗览千秋
我也慢慢知道
伟大的真武阁
走出一位
无名建筑师
夜夜都入梦
日日都走进
祖先的灵魂
才智和心血
一直挂在这座
天南杰构上
一觉醒来　他
未曾想到
中国建筑的奇迹
就在眼前

月光下
真武阁
轻轻入梦
万历元年
对我而言
已远
而历史的真实

很近
近得可以看见
梁柱上的手印
和奔流的血脉
虽然
历史弄丢了
建筑师的名字
但　他生命中
最美好的时光
没有结束
我已记住
他与培根　奥托
拥有一个
共同的时代
他与世界建筑的
记忆
永远站在
时间上

绣江的女儿

在每个场合
出现的身影
都以不同方式
复旦上学
加入剧社
头脑聪颖
无论发丝
还是双唇
天生的微笑
一袭幽雅
恬静有暗香
颜值很高
优美的曲线
滋长金色的力
她的姿色不仅身体
更是声音　基于此
把四凤金子陈白露
带到观众身边
真切清晰
让人看得
明明白白
奔过旷野的风
与她相遇

我看到
绣江的女儿
清纯的凤子

醉心写作
以风对话
以体温和激情
为人作嫁
手没有丝毫停歇
浇灌百花绽开
把民族的心跳
写进《人世间》
那是文学
在民间的舞蹈
发出的旋律
坚信人性善良
一束束温暖的光
明亮人心
世界因之圣洁
越来越多的人
想看见她
繁星满天
抬起头极目寻找
那颗清澈
一定是她
绣江的女儿
靓丽的凤子

从杨外村的田间
跨过清清亮亮
绣江
站立在
文学与艺术
高端
让人炫目的灿烂
站成了我的仰望
不可企及
黑夜中的寒冷
内心澄明
在这纷繁的人世
生命注释
文艺的意义
走向更高
更远
也走向
一个美好的家庭
中国与
一个美国男人之间
不断的溪流
绣江的女儿
沙博理的
好妻子

绿　珠

今晚　明月
天上显耀
绿萝村娇媚的绿珠
低头看见
摊开一斛珍珠的石崇
爱抚在自己
婀娜的裙下
依随他去吧
嫁谁都是嫁

今晚　月光
凝成冰块
金谷园的绿珠
极目南天
穿过中原的寂寞
烟波深处跳动
白色的乡愁
一曲《懊侬歌》
泪水湿罗巾

今晚
没有月亮的天空
黑而冷

被风吹散的美
回答生命的逼问
梦的碎片
猝然坠落
宁在君前死
不向贼边生

今晚　清风明月
繁华事散
绿珠江上
推开阴冷的影子
我像渔夫
踏浪而来
打捞一片
纯粹的波光
所有的倾听
于水色月华中

致金田

无须怀疑
这是一方英雄
土地
洪秀全
不愧为
向西方寻找真理的
先驱
以陈胜吴广以来
从不曾有过的
态势
借东方天下太平
经典
借西方天国降临
圣经
历史是多么豪气
多么英武
多么有声有色
谱写了
攻城略地
斩将搴旗
尘烟四起
十八省响应
所向披靡

鹰扬世界的
进行曲

八百天
就在四百年前
朱元璋建都的
金陵
建立自己
东方王国
兵贵神速
而故事
远未结束
当日月星辰
当春华秋实
进入天国之梦
几位横刀立马的
将军
全都冠冕堂皇了
便
处处说天谈天
借天行事
人人必拜上帝
须行礼拜
天朝捧起与
大炮　鸦片
同步而来的
《劝世良言》
而不是

孟德斯鸠
伏尔泰和狄德罗的
《百科全书》
当时代列车驶进
近代中国
洪秀全及其追随者
脑袋
伸入了
近代社会窗口
身子
还站在门外

时空的骤变
同患难易
共富贵难
权力与金钱的
分配再分配
天朝的天空
必定凌乱而诡谲
终于
凭欲念飞行的英雄
演出
争抢座位
闹剧
剑拔弩张
互不相容
曾经像煞有介事的
仪式

被卸了下来

那照耀过犀牛潭
照耀过西山
照耀过大江南北
照耀过十字架上空
创造英雄时代
月光
徘徊在历史的江边
暗淡了
最终
少年的生命夭折
陨落了天朝的历法
那蒙昧的诞
只剩下原罪
是非功过
流成千古唱本

金田　曾经英雄的土地
浮生如梦　暗含一种昭示
或者　一种指引
严重的是教育农民
我想过
毛泽东在说这话的时候
肯定不只是
以一位智者和哲人
甚至不只是以最高革命领袖
在初登不胜其寒

高处
洞见了
脱下草鞋的农民中国
是一个步履艰难
跌宕起伏的前程
而且
我还敢于断言
这是一位纯粹的
农民儿子
在最初
读到天国的时候
最带泥土味的
先验的心灵感应
来自　他伟大的
灵魂深处

大藤峡

黔江水已失去记忆
高高的
九层崖犹在
风傍着云烟
把一片片
悲壮翻滚在
四方山
绝壁上

峡壁涂过黑夜
继而涂过白昼
天空的甬道中
恒星与行星
血样流浪
无痕

锈蚀的古箭镞和
头盖骨碎片
在深圆的
马蹄窝里苏醒
满面泪滴
有关命运的回忆

如今　险滩绕开
历史的恩怨
被打扮成
丰碑的模样
恰是石缝的深处
永远
埋藏着历史的
忧伤
在史书中
占有一席之地
苔藓显然无法
遮去

我站在这里很久
不言不语
时光像一根弹簧
那些世事更迭
刀光剑影
和歌舞升平
铜版纸画册
被挤压
在狭窄的石缝里
让你铭记

静静的黄姚

静静的黄姚
的确称得上
古镇
所有人的脚印
全都渗入石板里
记载
数百年的故事
有点特别
我的脚印
把岁月踩得
又痛又痒
我的目光
看见倚门而坐
老妪
白发苍苍
看见店铺里
豆豉
黑中透亮

覆盖山中
八卦形
街市
青砖　黑瓦　石径

像另一个世界
我闻出
烽火
味道浑厚
穿透肉体
看到
斑驳墙体
沉默的悲壮
举起生命
火把
燃烧情节
戏台上战鼓擂响
把所有人的心
一一震碎

风
停止了荡漾
我恍若
置身一幕哑剧
在没有名字
河边
成为
想象的一部分
想起一些人
或者一些事情
某个细节
就像穿过黑夜
她的过去

我的现在
一段典籍
一个现实

怀旧
是一张门票
可以走过
时光的街市
不停顿地
与我擦肩而过
留下的
都是依恋
风景
豆豉的飘香
豆花的滑嫩
翻动人情
美好
一缕清风
馨香
恣意演绎自由
愉悦人
安慰人

守着一方净土
水流向远方
送走芸芸众生
我不去触碰
任何一个灵魂

静静地
我真的很希望
这个古镇
绵绵地
流传下去
不能让
这世间之美
衰落比绽放
还快

爱莲说

贺州桂岭
亘古的莲塘
有足音走来
由远而近
荷花亭亭净植
清香淡妆出场
借着月光
我在欣赏
目光
落在莲的叶脉上
出淤泥不染
濯青涟不妖
风动
叶上水珠滚动
晶莹　透明
静夜如谜
旷古的记忆
芬芬芳芳

我曾以心作碑
深深铭刻
这经典名篇
高扬的警策

深入灵肉
我深深仰慕
这位爱莲者
生于斯
以名节自砥砺
道充为贵
心安为富
如莲
中通外直
不枝不蔓
不亵玩
一颗恒久的心
清空微风
岁月
他的存在
是为了
向人间倾诉
一种情愫
草木葳蕤
什么叫
洁静　至纯　至朴

醒在风中
如此美丽
玄奥
古朴得原始
原始得赤裸
赤裸到文饰不得

任何理论的外衣
在尘世里
历经百世
我猛然意识到
古往今来
写莲花
谁能比上他
这人世间的美好
香远益清
飘扬成周敦颐
旷古经典
最灵性的旋律
支撑古往今来
我就这样走着
空无一物
简单地生长
只想
世界干净一点
没有什么比这
更具意义

冷　冻

梦幻般的溪流
左冲右突
从姑婆山上
匆匆流下
一派纯净
充满激情
时而流淌
时而飞扬
梦的虚幻
流水的真实
推动巨石滚圆成
鹅卵般定格

孕育大地的源头
流淌在
葱郁的林间
高远的天际
翻动在云絮里
小鱼潜入水底
自由呼吸
我濡湿斑驳的此生
过半
惶惶地站在

此岸的溪边

奔流不息
转转折折
起起伏伏
阳光到这里
已经倦了
我注目
一溪沸腾的寒流
清晰地看见
自己的倒影
我对撞击的浪花
不断地表达
企盼那种
透心的渗凉

我的身体
安放清风碧水中
体温舒缓地下降
下降
体内的水银柱
慢慢跌落至低点
那种酣畅　淋漓
透彻身体
每一个细胞
潜滋暗长
一股喜悦
一种淡然

我愿在
这样的时光中
老去
因为
我没有活到澄澈
因为
俗世的温度在燃烧
燃烧的目光
像病毒一样蔓延
我庆幸今日进入
一条冰冷的溪流
把许多念想
冷藏在水里

其实人生有一站
是冷
热过之后
走到冰冷的水中
化作水
而水声
我们了解忧伤的源头
溪水是幸福的
心里无须负累
所有蛰伏的
浮躁往事
冷却之后
不再有任何重量

感谢苍天
盛开的山
鸟鸣的婉转
天空的湛蓝
我闻到了
一股泥土的气息
把自己潜入水底
冥想水的元素
掂量着水的分量
它
在我们
每一个人的
血液里
缓慢流动

去宜州

朋友微信
让我去宜州
去宜州
我说
想去看黄庭坚
他在那里
受过白眼
曾经整夜痛苦
反复煎熬
也获过温暖
顿觉
平生从没有这样快乐
然后
吸纳了所有的
光明和阴影
最后
用生命填写
万事尽随风雨去
的最后诗句
也把生命
留给庆远府
我一读他的诗
就知晓他的心

懂他
最后的笑声
在龙江的清波里
跟人世的一片净土
和蓝天相会
找到他
就会
找到悲剧的
力量

他的生命
流成如诗
行韵
他浩然自得
炼字生新警拔
琢句深远曲折
仔细推敲
诗歌情思深微
平淡
而山高水深
清旷脱俗
用事精切
尽宋诗之变
绕着世世代代
婉转悠扬
存在于
我的想象之中
去吧　去宜州

在他灵魂的墓前
亲切而温暖
见面
聆听先生教导
获取细细指点
真挚而深邃
看到他
就会
感到写诗
有法则可循

朋友
我要去宜州

地位背后

只知道
它拥有很高的地位
却不晓
其中夹杂的腥臭
千年的哀歌
穿心而来
击穿我
经络血脉
曾经的江水
如画如此苍白

战争　荣耀或耻辱
充满血淋淋
民族首领区希范
滚烫的五脏
瞬间被剖开
在杜杞的狂笑中
铺陈于宋景
墨笔下

惨绝人寰
剖腹刳肠
战争罪孽

登上中国医学史
高高的地位
人类这样荒唐
好多悲哀
那是人心的灵魂
失控
那是从古至今
灵魂　在悲在痛

令人作呕
《区希范五脏图》
画出废弃的河山
人心的荒凉
背后的故事
真的恐怖
渗到历史骨缝中
寒冷　而且是
寒冷中最冰冷
最绝望的那种

上凌云茶山

澄碧河
从这里流出
茶呼吸干净的空气
变得柔肠百结
这漫山茶园
一排排
一垄垄
伸向高高的
云端
整齐如阶
惊叹和梦幻
千百年的光阴
春风几度
浓雾中
我必须屏息
低语
摘上一芽
鲜嫩　柔情绕指
天香风华
吐露一地呓语
想着一杯香茗
一片茶叶
离开茶树

才能成为真正的茶
道路如此曲折
让人想见
一个人的一生
让每一个人
都有一颗
仁慈向善的心
在沸水中
慢慢舒展开来
开放自然的
姿态　然后
自在安详
这是
生命的本色

泗城月光

任何时候
我从不怀疑月亮
今夜在泗城的河边
月光下有人
照见自己的身影
我同样相信
自己的眼睛
眼前的景色
如仙境　如梦　如幻
没有风吹过
我不会眨一下眼
感谢月亮
我和这里的一切
不想被世俗干扰
一个人
山水中洗尘
我在月光下沉思
今夜
幸福就是月色
我从头到脚披了一身

纪念一棵大树

——写于 2015 年 11 月 20 日

好大一棵树
不是风景
是对人间美好的
一次说明
好大一棵树
曾经一首歌
对一位伟人的敬仰
与历史有关

一棵大树
树冠闪着光芒
心若大海
目光拥有忧郁
也拥有
锋利的刃
带着闪电
凛然浩气
卷起思想上
摧枯拉朽的飓风
孵活
千万颗受伤的心
它的明媚

驱赶
漂浮的阴影
温暖季节
从此
花香漫溢
一把
巨大的伞之下
只是一羽蜂鸟
也感受
它的体温
与我很近
纵然日渐迷离
而愈加清晰

不会忘记
混浊的世界
步步惊心
憔悴它的容颜
忧郁它的眼睛
一棵大树
孤独的时候
感伤我的思念
犹如风暴之后
伤痛
就这样静静
保留在
我的记忆中

多少次
想起它的时候
没有风
流过树林
却感知
一颗心灵
与另一颗心灵
跨越空间
呼唤
一刻不停

比岁月更永恒

当一片叶子
向枝头告别
什么都经历过了
又好像
什么都没经历
总是那么飘忽
那么
你们这样说我
没心没肺
我只能
一声叹息
时代的压抑
像暮色的雪片
纷纷飘落
不沉重　却冷
这是岁月
悠然的赠予
真实的存在

月影残存　尽管
流星划过
依然繁星满天
总想留住岁月

无奈　树叶
在绿意里燃烧
沙沙落下
一年又一年
还是渐渐苍白
好在
文字牵引着我
倾听身体
深处的声音
把它变成诗页
散发墨香
似乎比岁月更永恒

不要把昨天都忘记

不要把昨天
都忘记
今天是踩着昨天
脚印走来的
把紫色的痛苦
藏进抽屉
但不要冷却
温馨的希冀

披上风衣
走向森林
去看看
那段迷路的历史
当黎明飘洒
归来的路上
捡一片落叶
夹进日记

不要把昨天
都忘记
虽然天空
会有阴云
但心中

却应该拥有明镜
去把明天的世界
认清

窗前的梨树

我曾经爱过她
如今
这里是一处废墟
那时候
我在工厂当工人
宿舍窗前
有棵梨树
清早　麻雀在树上
开始吱喳
我就撩开被子
套上工装
飞一样窜到厂门
单调的日子
像车间
转动的机器
从岁月里转过来
转过去
把我的自由
带走了
把我的凉风
带走了
我用一个大搪瓷缸
喝下冰水

冷静自己
想象　一个又一个
365 个日子
如那老歌
单一的旋律
单一的树叶
留恋　复返　缠绵

一夜之间
窗前的梨树
突然开放无数白花
一如世界的初日
让我心里的石头
滋润开花
然后　我一次次举杯
不是为了
举高自己
而是为了
学会感激
曾经的日子
我的才能
不能挣来大量现钞
可以挽留
我的过去
我把搪瓷缸
换成玻璃杯
还见挂在枝头的
一丛丛

静静的白
幽幽的香
月光为我让开
每个夜晚
供我相逢与离别
用语言
温暖的心
散发梨花飘香
似乎
更加久远

回　味

回想
在这个小城
住过了许多年
幽僻
清新
和许多树木一样
历经着雨水
和风
历经着
陌生和熟悉
人和所有的事物
暮色里　山
围着我的心边
一种味道
向上弥漫
或向下弥漫
每当这时
天就会
黑下来

和别的城市一样
人们上班　或
自我营生

粗茶淡饭
高兴的时候
看打球
看电影
聊天的时候
都知道
谁家的孩子
结婚
谁家的媳妇
生孩子
点滴的故事
传扬活灵活现
当规矩人家
熄灭灯光
小城寂静一片
更多的人
生命借着生命
而生存
一年又一年
一代又一代

曾把自己放进
世俗的小城
寒冬里停留
和这些树木
一同生长
更多的时候
胸前是一片苍凉

只差一盏灯
光景
窒息一个人的
梦幻

这是我一生的
一个过程
缓慢　安静
内心揣满
经历和故事
当黑夜
沿着小城街道
漂流
好在星空
还个几颗
若隐若现的星星
就像人
一生的
几点希望
背负这
几点希望
心开始凝望
从这个小城
到另外的城市
为一生的旅程
寻找
一个答案
那是一种

奔涌而去的情感
带着童心

月光洒在树上
透出甜蜜的香味
岁月带不走
属于心灵的驿站
生命中
会有一种记忆
弥漫而来的味道
焚烧舌头和心窝
我滑落一圈之后
回到原地
然后
总要回到
出生的地方
感官钟情于过去
舌尖总是
善于珍藏
小城留下的风景
那是廊桥
那是阳关
回到起点
总喜欢
回头看
过去的经历
相遇的时光
或许

这种经历

能疏浚

易于阻塞的

美的源泉

旧　物

杂物间
箱子里
我看到了
一件陈旧的工装
我舍不得这
亲切温暖
留着它
意义悠远
看着它
我会想起
繁忙的车间
生命的一部分

时间无法进入
曾经的车间
这些忠实的意象
与一种精神
相连
进退之间
遵守一条信念
恪尽职守
切勿浮躁
劳动把我们

还原得真实

走进日子的深处
醒目我
每一个感觉
时常保持
简单而朴素的愿望
就能看到
后面的坚韧
或许　这就是
生命的原色

我从来
没有离开过工厂
在那里创造了
幸福的一生
我从来
没有怀疑过工装
在那里长出了
一对翅膀
天地间跌跌撞撞
始终
头顶朝上
脚心向下
这才可能给我
带来欣慰

蛙　声

好久没有听到
这样的呼喊
在三月的乡村
和着葱郁滴水
背景
像一组沙哑的笛子
联奏

嗓音伤感
含蓄已久的心事
缠绵成渴望春天
和鸣
从悲怆的嘴唇
表白

这样的夜里
一切都很遥远
我只能捉住
每一片经过的
月色
去安静地寻找
当年的身影

蛙声
曾经苍凉的名词
听到你　就会想起
一朵飞离田野
蒲公英
那不被人想起的
苦难与忧伤

无　题

也许有一天
当暮色涂满
我该用什么色彩
涂抹自己
走过一段
曲折的路
还是一段
曲折的路
不断缝补伤痛的身体

飘落
一片片枫叶
我知道
应以这样
深沉和分量
去面对秋天
往事
已成多汁的浆果
珍存起来
留给
最饥饿的日子

已熟悉了
自己的方向
一如当初
赤裸裸地
来到这个世界
喜爱春天
清澈的眼眸
还有一双
坚实的脚板

一样心怀希望

我想
在不远的遥远处
一定还有
另一个我
在他们心上
三十多年了
我们中间隔着
锅炉　车间
以及许多的人事
我只能踮起脚尖
徒劳无功
望着远方
想象一个个背影
时间的鞭子
不停地抽打
将他们
从青春赶往暮年
指尖流过
除了时光
还有岁月的遗物
仿佛看到的是黯淡
疲于奔命
不管我如何

小心地擦拭他们
依然能轻易
听到阵阵的呻吟
手中抓到
冰凉的尘世
如果把脸靠近他们
在黄昏里
或许还能感受
点点余温
我知道
他们一样心怀希望
只是等待　但
等待成为内心
承重的一部分
在等待中
这样就可以过完
这短暂
漫长的一生
我常用自认为
幸福感的事
沉浸自己
今天
我停不下来惊悸
发现
与他们的相遇　是
生命的另一端
没有人理解
藏在快乐之中

忧伤
而当我转身离开
泪水忍不住
滴落下来
看见自己正走向
青灰暮年
哀伤的心事

老　乡

虽然鸡啼
代替着铃声
山村却比城市
醒得更早
泥土是农人
最广的素材
每一次创作的冲动
总是
从早起的黎明
到晚归的黄昏

惊　蛰

一声雷响
常常想着
远方稻田
夜晚　我们蜷缩
在被窝里
聊天　一些琐碎
细小的欢欣
笑声落在
住过的房梁

植根
我们的心头
不知何时何人命名
成了一道
风景线
并非仅仅
气候的分割
当春还寒
料峭时
老天
为我们歌唱

蛰伏的意念

行走江河
如哺乳的母亲
张开怀抱
让万物吸取乳汁
生命旺盛　此时
我们生命的标点
阳光离我们
越来越近

看见落叶

在飘飞的落叶间
行走
一个季节
铺满小路
颜色与心情之间
色调比心情
重要

在橘黄
光线之外
叶片高高低低
我无法
把一片片落叶
喊回树上
就像我
无法把
自己的影子
喊回我的身体

唱着
抒情的小调
旋律之中
我拽住

季节的裙摆
安然入睡
续昨夜
一地梦境

番薯叶

一滴露珠
盛在叶的中央
阳光
成就晶莹色彩
我消除眼累的风景
叶说
来不来
我都在等待

叶　如此葳蕤葱郁
曾经猪食
暴殄天物
谁在餐后
独自伤怀
叶说　只为人的
势利眼光

好与坏
一场轮回的无奈
静默
对大地的情怀
蔬菜皇后
营养丰富

叶说　释怀
只为今世邂逅

还原生命绿色
为餐桌增添道美味
鲜嫩
俗世的口感
叶说
所有褒贬
都是阳光

大暑之后

大雨暴雨
一阵又一阵
连续好十几天
据说
破了 30 年的纪录
惊喜　舒服
天气温度骤降
湿与凉
还有快感
这哪是南方
夏夜
一觉都是天亮
预料之外

雨声变成
某种和弦
雨成
城市的抹布
天空越擦越净
PM2.5 只有个位数
想象某种感觉
好强烈
诗意地活着

女儿来电
很热
上海连续几天
40℃
哎　中国真大

榕　树

面对风的暴戾
雨的肆虐
泰然自若
做一种
平和之态

立足于脚下
母性的土地
为人们
递送
绿意和阴凉

一个老者的形象
在世人的眼中
定格
久远的风范

三角梅

长在阳台
三角梅
浓得化不开
笔墨
栽它的过程
如同春风
蘸月含露
家变得蓊郁葱茏
摇曳着
楚楚的绿叶
无花
分明绿得寂静
这是
去年的印象

而现在
秋叶落了
满树红花开了
一簇簇
云蒸霞蔚一片
像一个风光的人
藏起
曾经的隐痛

用一袭鲜亮
宣泄
醒目而恣肆
盛开在我眼里
家
在色彩中
变得宁静
喧嚣的
世界之外
将我全身心
包裹起来

花清洁雨滴
对视
喜欢阅读
想表达对生活
某种看法
留下幻想的鸟儿
把要说的话
告诉它
花在秋风里
花在每一天
像一粒珍珠
温润　怡神
心里仿佛
漫出花的芬芳
填补
我生命的皱纹

忽然发现
一片片花瓣
在风中
慢慢跌落
这情景
有点惘然
花谢了
曾有人为之流泪
可是　落花
是芬芳浩大出场
那是最后
归属
绽放的姿态
宛如事物的本质
当是绵绵月辉下
秋夜漫步
看它沉睡
把心放在萼上
能与温馨灿烂
相遇
日子充满色彩

想起屈原

六月的一天
雨水沿着窗户
不断流下
灵魂无声质问
走进你　尽管
我不清楚
斑竹能否掉泪
但　一条河流
流水如此漫长
荡漾着
把人带到
一个忧伤的情景
这焦虑不安的人世
像春天渗进肌肤
水声为你歌唱
吟唱间
艾草菖蒲疯长
指纹中发出香味
在人声嘈杂飘扬
感动了舌头的力量
许多人吃着粽子
那河流有多长
爱与恨就有多长

转眼之间
沉吟了大半生
我已经铭记
或许那部《离骚》
就是你最钟情的
离离原上草
最生动的言辞
此刻　从我心上
缓缓移过

血色赣南

昨夜我看见
一道电闪
把对她的怀想
照向
脚下的土地
世间所有的声音
顿时沉寂
我触及的往事
不断切换场景
内藏战火硝烟
一份拿不起
家国情怀
结局里
死去的生命
播种
龙种的大地
写进一首诗中

是谁在夜里
流下眼泪
把雨水绿树青草
送给
伴我走过一个春天

伸手就能摸到
时间里的味道
风雨中的悲苦
落在心上
浸润一条路
向往一种伟岸
写下他们的名字
将会证明永恒
以血肉接续

八女浣衣

绝不是因为
她们年轻又漂亮
把我吸引

且让我
把这三国至今
一千八百年的潋江水
全部斟入酒杯
悬壶而痛饮
兴国
何人血脉里没有
呼啸她们的名字
穿越她们的呼吸

她们迷人
魅人的笑
她们两泓纯情眼睛
她们乌云般飘动秀发
她们纤纤素手
妖娆之身
她们真的死了
邪恶关闭了她们
生命之门

以最神圣的
信仰召唤
有血有肉的
女儿之身
死在那些
血腥十足的子弹里
死在自己
美丽的蓝花衣裳里
她们的血管
胜过一江水的分量
奔腾着潋江
赣江长江

今夜　我听
潋江如泣之波
泣伴狂啸的涛声
月光像
破碎的镜片
难忘流走的乌云
留下了
每一个心灵
一双深思的眼睛
闪烁一个时代
深沉的记忆

华屋的后山

十八个小伙子
种下
十八颗燃烧的心
带着期盼
杖之于夸父
然后倒下
蛤蟆岭溅成
一片邓林
我看见
昂首　笔挺的树干
延续生命长路
鼎举了世界
释放心头
希望

清风盈盈
一山阴翳
树木的笑容
四周合拢
搅动隐约作痛的
情怀
蛙声绵延
春天叫魂

化为　悲壮一曲
坐在岁月林下
仰望
高高松树顶上
蓝蓝的天
超越
一本书的厚度
以及我的目光
一种渊远而铿锵
精髓
深埋那片荡漾的
心海

哎呀嘞

哎呀嘞……
悠然而光芒的嗓音
第一次
从音乐史诗《东方红》
飞出
相遇我童年的心窝
我用耳朵
也用心灵
感到自身的
渴望和收获

哎呀嘞……
打那以后
神圣的
红军　苏区　兴国……
一个个
金色的名字
衬一幕幕
如血的晚霞
在脑海
陆续停泊

而今
站在英雄土地
又被这天籁
激活
哎呀嘞
春暖花开
新村座座
要问我
喜爱这客家山歌吗
一问
我的心儿就破

唱一曲
哎呀嘞……
歌声飞向
万物的魂灵
飞向风的魂灵
亮了多少眼睛
我纵一胸
感恩之情
多少爱
都在里面温暖着

后　记

这是我的又一本诗集，取名《相见》。

与广西的美丽相见，与祖国大地相见。这种美丽，不仅是南方锦绣的江河山海，是中国南部与东南亚的山水相连，更是几千年文明史的灿烂，这是日常生活的一抹阳光，片片深绿乃至灰色，它们都是我心中的悠悠沉思。

一直在路上的我，漫步在历史的永恒中，行吟于相见的万事万物，相生千种诗性万般情愫，以文字录下这无数相遇相思相望的瞬间，令我浮想联翩，岁月静好。怀揣谦卑而热烈的赤子之心，爱恨之情，人文之思，心性之光奉献于生我养我的土地。这便是我的诗，你会看得见，摸得着，读得懂。无论你喜欢不喜欢，它都会在这里，保持一种状态。我不能说它如何如何的好，也不会四处宣扬和炒作。但可以说，每一首都是我的心性写成，记载着我在广西这片土地走过的印记。

“万物皆相见”，与美丽大地的万物相见。

广西古老而年轻，苍茫而悲壮，清幽而芬芳，纯情而雍容，给了我聪慧，也给了我深沉。我是从诗歌开始写作而走上文学之路的，诗歌给了我无数的激动、跳跃和沉郁。后来我写散文和其他，让我从激动走向平静，让我的心灵找到一种精神的皈依，让我借着诗的语言和意象抒写人间之情怀、天地之沧桑，表达我依然的真实、真情、真知和愚钝。如今，我突然变老了，发现自己又回到诗歌。行走在大地上，悠然自得，以“我”之境与其万物相见，又多了些诗意，抒情中多了些质朴自然，多了些历史感，因此，窃以为，《相见》中的一首首诗，包含着自然、社会、历史、文化和现实人生，包含着真诚与谦卑、苦难与幽暗、悲凉与爱，以及我内敛的顽强并以此来喟叹我骨子里不灭的炽热和虚空。

也许这还远远不够。

自治区党委宣传部拨出专款用于扶持重点文学创作项目，诗集有幸获得该项目支持出版，本人心存感激。

是为后记。

冯艺

2015 年冬夜